folio benjamin

Pour Maggie et Melinda

TRADUCTION DE CATHERINE DELORAINE

ISBN : 2-07-054898-8
Titre original : *Amos & Boris*
Publié pour la première fois par Farrar, Straus & Giroux, New York

Numéro d'édition : 04699
Loi n° 46-956 du 16 juillet 1949
sur les publications destinées à la jeunesse
Dépôt légal : février 2002
Imprimé en Italie par Editoriale Lloyd
Réalisation Octavo

William Steig

Amos et Boris

GALLIMARD JEUNESSE

Amos le souriceau habitait
près de l'océan.
Il aimait l'océan.
Il aimait l'odeur de l'air marin.

Il aimait les bruits du ressac, les vagues
qui déferlent et les galets qui roulent.

Il pensait beaucoup à l'océan et s'interrogeait sur les lieux lointains situés de l'autre côté de l'eau.

Un jour, Amos commença à construire un bateau sur la plage.

Il y travaillait pendant la journée et, la nuit, il étudiait la navigation. Quand le bateau fut terminé, Amos le chargea de fromage, de biscuits, de glands, de miel, de grains de blé, de deux tonneaux d'eau douce,

d'une boussole, d'un sextant, d'un télescope, d'une scie, d'un marteau, de clous et de planches en cas de réparations ; il prit également une aiguille et du fil pour recoudre les voiles déchirées et divers autres objets nécessaires, tels que pansements et teinture d'iode, un yoyo et un jeu de cartes.

Le six septembre, par un temps très calme, il attendit que la marée haute eût presque atteint son bateau ; alors, déployant toute sa force, Amos le poussa à l'eau, grimpa à bord et prit la mer.

Le *Rongeur* – c'était le nom du bateau – se révéla très bien fait à l'usage.
Et Amos, après avoir connu une pénible journée de mal de mer, devint très vite un bon marin, bien adapté au navire.
Il était enchanté de son voyage.
Le temps se montrait clément.
Jour et nuit, Amos montait et descendait, montait et descendait le long de vagues grosses comme des montagnes, et il se sentait entreprenant, empli d'étonnement et d'amour de la vie.

Une nuit, dans une mer
phosphorescente, il s'émerveilla
de voir des baleines souffler
de l'eau lumineuse ; plus tard,
couché sur le pont de son bateau,
regardant l'immense ciel étoilé,

le minuscule Amos, petit point vivant
dans le vaste univers vivant,
se sentit en harmonie complète
avec cet univers.

Accablé par la beauté et le mystère de ce qui l'entourait, il roula sur lui-même et, du pont de son bateau, tomba dans l'eau.

– Au secours ! cria-t-il d'une petite voix aiguë en se raccrochant désespérément au *Rongeur*. Mais le bateau lui échappa et vogua toutes voiles dehors ; il ne le revit jamais plus.
Et il se trouvait là ! Où ? Au milieu de l'immense océan, à quinze cents kilomètres au moins de la côte la plus proche, sans personne en vue et pas même un morceau de bois flottant auquel se raccrocher.

« Est-ce que je devrais essayer de retourner
à la maison à la nage ? se demanda Amos.
Ou est-ce que je devrais simplement essayer
de flotter ? »
Il parviendrait peut-être à nager un kilomètre,
mais jamais quinze cents.
Il décida de flotter, nageant à la verticale et
espérant que quelque chose – qui sait quoi ? –
surviendrait pour le sauver.
Qu'arriverait-il si un requin ou un gros poisson,
un maquereau surgissait ?
Que devrait-il faire pour se protéger ?
Il ne le savait pas.

Vint le matin qui renaît chaque jour. Amos se fatiguait terriblement. Très petit, très mouillé et très inquiet, il avait aussi très froid.
Seul l'océan désert s'étendait devant ses yeux.
La pluie se mit à tomber, comme si les choses n'allaient pas assez mal comme cela.
Enfin il cessa de pleuvoir, et le soleil de midi donna à Amos un peu de courage et de chaleur au milieu de cette vaste solitude ; mais ses forces l'abandonnaient. Il se demanda ce qu'il ressentirait s'il se noyait.
Serait-ce long ? Serait-ce vraiment terrible ?
Son âme irait-elle au ciel ? Y trouverait-elle d'autres souris ?

Comme Amos se posait ces affreuses questions, il vit une énorme tête jaillir de l'eau. C'était une baleine.

– Quelle sorte de poisson es-tu donc ? demanda-t-elle. Tu dois être une espèce unique !

– Je ne suis pas un poisson, répondit Amos. Je suis une souris, un mammifère, la forme supérieure de la vie. Je vis sur terre.

– Nom d'une palourde et d'une seiche ! s'exclama la baleine. Moi aussi, je suis un mammifère, bien que je vive dans la mer. Je m'appelle Boris.

Amos se présenta et raconta à Boris comment il en était venu à se trouver là, au milieu de l'océan.
Boris affirma qu'il serait heureux d'emmener Amos en Côte d'Ivoire, où il devait se rendre pour assister à une assemblée de baleines en provenance des sept mers.
Mais Amos répondit qu'il avait connu assez d'aventures pour un temps. Il voulait surtout rentrer chez lui et espérait que la baleine voudrait bien faire un détour pour l'y ramener.

– Non seulement cela ne me dérangerait pas, dit Boris, mais ce serait un plaisir pour moi. Quelle autre baleine, sur tous les océans du monde, a jamais eu l'occasion de rencontrer une créature aussi bizarre que toi ! Monte à bord, s'il te plaît.
Et Amos grimpa sur le dos de Boris.
– Es-tu sûr d'être un mammifère ? demanda Amos. Tu sens plutôt le poisson.
Boris la baleine se mit à nager, portant Amos le souriceau sur son dos.

Quel soulagement de se sentir sain et sauf !
Amos se coucha au soleil.
Éreinté, il s'endormit bientôt.

Mais soudain Amos se retrouva de nouveau dans l'eau, bien réveillé, crachotant, s'agitant en tous sens. Ayant oublié qu'elle avait un passager, la baleine avait plongé !
Réalisant son erreur, elle fit surface si brutalement qu'Amos fut projeté dans les airs. Il se fit mal en retombant dans l'eau et se mit à crier, donnant mille coups de poing à la baleine avant de se souvenir qu'il lui devait la vie. Alors, il remonta sur son dos.

À partir de ce jour-là,
chaque fois que Boris
voulait plonger,
il prévenait Amos
qui en profitait pour
prendre un bon bain.

Nageant parfois à grande vitesse, parfois lentement et tranquillement, se reposant parfois et échangeant des idées ou s'arrêtant pour dormir, ils mirent une semaine à atteindre la côte proche de la maison d'Amos.
Pendant ce temps-là, une profonde admiration réciproque grandit entre eux. Boris admirait la finesse, la délicatesse, le toucher léger, la petite voix, le rayonnement du souriceau. Amos admirait le volume, la noblesse, la puissance, la volonté, la belle voix et la bienveillance généreuse de la baleine.

Ainsi, ils devinrent amis.
Chacun racontait à l'autre sa vie,
ses ambitions. Ils partageaient leurs secrets
les plus graves. Boris s'intéressait beaucoup à la
vie terrestre et regrettait de ne pouvoir en faire
l'expérience. Amos était séduit par les récits de la
vie sous-marine que la baleine lui faisait. Il avait
plaisir à prendre de l'exercice en courant
de long en large sur le dos de sa compagne.
Quand il avait faim, il mangeait du plancton.
Une seule chose lui manquait : l'eau douce.

Vint le moment de se dire au revoir.
Ils étaient près du rivage.
– Je souhaite que nous soyons amis pour toujours, dit Boris. Non : nous *serons* amis pour toujours même si nous ne pouvons rester ensemble. Tu dois vivre sur terre et je dois vivre en mer. Pourtant, je ne t'oublierai jamais.
– Et tu peux être sûr que je ne t'oublierai jamais *non plus*, dit Amos. Je te serai toujours reconnaissant de m'avoir sauvé la vie. Souviens-toi que si jamais tu avais besoin de mon aide, je serai plus qu'heureux de te l'apporter.
Comment pourrait-il jamais aider Boris ? Amos n'en savait rien. Boris ne pouvait emmener Amos plus loin. Ils se firent donc leurs adieux et Amos plongea du dos de Boris et nagea jusqu'au sable.

Du haut d'une falaise, il regarda la baleine souffler deux fois et disparaître.
Boris riait intérieurement.
– Comment ce souriceau pourrait-il bien m'aider ? Mais aussi petit qu'il soit, je l'aime et il me manquera terriblement.
Boris se rendit à la conférence, au large de la Côte d'Ivoire, en Afrique, puis il reprit sa vie de baleine pendant qu'Amos reprenait sa vie de souris. Et ils étaient tous deux heureux.

Bien des années après les événements que nous venons de raconter, Amos n'étant plus une très jeune souris ni Boris une très jeune baleine,

survint l'une des plus fortes tempêtes du siècle, l'ouragan Yetta. Et il se trouva que Boris fut jeté sur la rive par une lame de fond et s'échoua sur le rivage même où demeurait Amos.

Il arriva également qu'Amos se rendit à la plage pour examiner les dégâts causés par l'ouragan Yetta ; la tempête s'était apaisée et Boris gisait sur le sable, se desséchant au chaud soleil, éprouvant le besoin urgent de replonger dans l'eau.
Bien entendu, Boris et Amos se reconnurent immédiatement. Je n'ai pas besoin de vous dire ce que ces vieux amis ressentirent en se retrouvant dans cette situation désespérée.
Amos se précipita vers Boris.
Boris ne put que regarder Amos.

– Amos, aide-moi, dit la baleine-grosse-comme-une-montagne à la souris-grosse-comme-une-poussière. Je crois que je vais mourir si je ne retourne pas bientôt dans l'eau.
Amos regarda Boris avec une pitié extrême.
Il se rendit compte qu'il fallait réfléchir très vite et agir plus vite encore.
Brusquement, il disparut.
– J'ai peur qu'il ne puisse pas m'aider, se dit Boris. Malgré toute sa bonne volonté, que peut faire quelqu'un d'aussi petit ?

Tout comme Amos s'était jadis senti solitaire au milieu de l'océan, Boris la baleine se sentait également seule, étendue sur la plage.
Elle était certaine qu'elle allait mourir.
Alors qu'elle s'y préparait, Amos revint en courant, accompagné des deux plus grands éléphants qu'il avait pu trouver.

Sans perdre de temps, ces deux gentils éléphants se mirent à pousser l'énorme corps de Boris de toutes leurs forces.
Ils parvinrent à le retourner, enduit de sable, et le roulèrent vers la mer.
Amos, debout sur la tête de l'un des éléphants, criait des ordres, mais personne ne l'entendait.

Au bout de quelques minutes, Boris la baleine était déjà dans l'eau, baignée de vagues, et elle ressentait leur merveilleuse humidité.

– Il faut être *hors* de la mer pour savoir vraiment comme c'est bon d'être *dedans*, pensait-elle. Du moins, si l'on est baleine.

À force de se tortiller et de se trémousser, elle atteignit bientôt l'eau plus profonde.

Elle se retourna vers Amos, qui était perché sur la tête du premier éléphant. Des larmes coulaient sur les joues de la grosse baleine. Le souriceau avait aussi les larmes aux yeux.
– Au revoir, chère amie, cria Amos d'une petite voix aiguë.
– Au revoir, cher ami, gronda Boris en disparaissant dans les vagues.
Ils savaient qu'ils ne se rencontreraient sans doute plus jamais. Ils savaient aussi que jamais ils ne s'oublieraient.

Fin

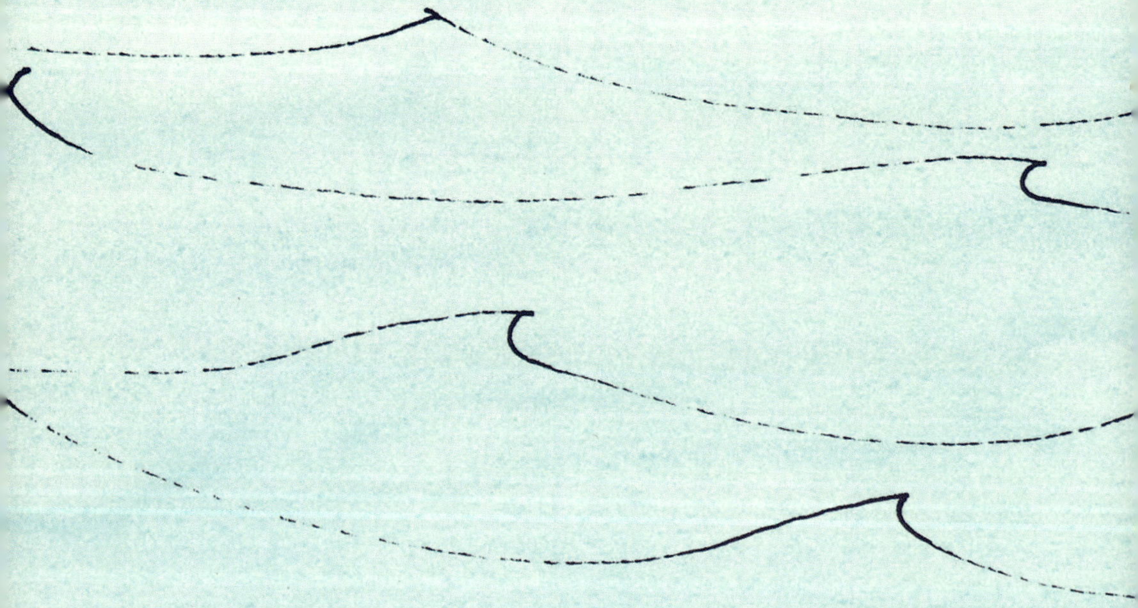

L'AUTEUR - ILLUSTRATEUR

William Steig est américain. Il est né en 1907. Il y a cinquante ans, il était déjà l'un des illustrateurs vedettes du prestigieux magazine *New Yorker* et dès cette époque, les enfants tiennent une place privilégiée dans ses dessins.
En 1953, il publie un livre destiné aux adultes, *Rêves de gloire et autres dessins*, où il explique le rôle des enfants dans le destin de l'humanité.
Ce n'est que vers l'âge de 60 ans qu'il se met à écrire pour les enfants. Dès lors, il ne cesse plus : *Amos et Boris*, *La surprenante histoire du Docteur De Soto*, *Irène la courageuse*, *Caleb et Kate*. Très souvent, ses héros sont des animaux car les enfants les aiment et comprennent ce qu'ils veulent leur dire. Le film à succès *Shrek !* est une adaptation de l'un de ses livres. Son œuvre lui a valu de nombreux prix et ses livres sont traduits dans une douzaine de langues. William Steig est aujourd'hui parmi les plus grands auteurs-illustrateurs pour la jeunesse ; il continue à écrire et à illustrer, avec toujours autant d'impertinence et de vivacité.

folio benjamin

Si tu as aimé cette histoire
de William Steig, découvre aussi :

Et dans la même collection :

folio benjamin

Chrysanthème 60
Lilly adore l'école ! 61
Oscar 62
écrits et illustrés par Kevin Henkes
La bicyclette hantée 21
écrit par Gail Herman
et illustré par Blanche Sims
Folpaillou 63
écrit par Sandra Horn
et illustré par Ken Brown
Conte N° 1 64
écrit par Eugène Ionesco
et illustré par Étienne Delessert
Le chat et le diable 65
écrit par James Joyce
et illustré par Roger Blachon
Il y a un cauchemar dans mon placard 22
Il y a un alligator sous mon lit 67
écrits et illustrés par Mercer Mayer
Drôle de zoo 68
écrit par Georgess McHargue
et illustré par Michael Foreman
Bernard et le monstre 69
Noirs et blancs 70
écrits et illustrés par David McKee
Le trésor de la momie 23
écrit par Kate McMullan
et illustré par Jeff Spackman
Oh là là ! 19
Fou de football 24
Voyons... 25
But ! 71
Tout à coup ! 72
écrits et illustrés par Colin McNaughton
Mon arbre 74
écrit et illustré par Gerda Muller
Trois histoires pour frémir 75
écrit par Jane O'Connor
et illustré par Brian Karas
La sorcière aux trois crapauds 26
écrit par Hiawyn Oram
et illustré par Ruth Brown
Blaireau a des soucis 76
Princesse Camomille 77
écrits par Hiawyn Oram
et illustrés par Susan Varley
Rendez-moi mes poux ! 9
La belle lisse poire
du prince de Motordu 27
Le petit Motordu 28
Au loup tordu ! 78
Moi, ma grand-mère... 79
Motordu papa 80
écrits et illustrés par Pef
Les aventures de Johnny Mouton 29
écrit et illustré par James Proimos
Pierre et le loup 30
écrit par Serge Prokofiev
et illustré par Erna Voigt
Je veux mon p'tipot ! 31
Je veux une petite sœur ! 32
Le garçon qui criait : « Au loup ! » 33
Adrien qui ne fait rien 82
Attends que je t'attrape ! 83
Je veux grandir ! 84
Je veux manger ! 85
écrits et illustrés par Tony Ross
Au revoir Blaireau 34
écrit et illustré par Susan Varley
Tigrou 89
écrit et illustré par Charlotte Voake
Vers l'Ouest 90
écrit par Martin Waddell
et illustré par Philippe Dupasquier
Chut, chut, Charlotte ! 1
Le sac à disparaître 35
écrits et illustrés par Rosemary Wells
Alice sourit 91
écrit par Jeanne Willis
et illustré par Tony Ross
Bébé Monstre 92
écrit par Jeanne Willis
et illustré par Susan Varley
Mon bébé 6
écrit et illustré par Jeanette Winter
Blorp sur une étrange planète 36
écrit et illustré par Dan Yaccarino
Le chat ne sachant pas chasser 93
La maison que Jack a bâtie 94
écrits par John Yeoman
et illustrés par Quentin Blake